Memisević

Den Eltern Dzezair und Neire gewidmet

Redzep Memisevic

Arbeiten von 1964–2007

Herausgegeben von der
Kulturagentur des Landesverbandes Lippe

CW NIEMEYER

Bibliografische Information Der Deutschen Nationalbibliothek
Die Deutsche Nationalbibliothek verzeichnet diese Publikation in der Deutschen Nationalbibliografie; detaillierte bibliografische Daten sind im Internet über http://dnb.ddb.de abrufbar.

Herausgeber
Kulturagentur des Landesverbandes Lippe

Umschlagbild
Aus dem Atelier

Konzeption, Gestaltung, Produktion
Brigitte Mück

Übersetzungen
Anette und Howard Gater-Smith, Wolfgang Heinrich
Bernd Rink

Reproduktionen
Wolfhard Rabbel, Reproscan Bad Salzuflen

Druck und Verarbeitung
CW Niemeyer Druck, Hameln

ISBN
978-3-8271-9252-3

Printed in Germany

www.niemeyer-buch.de

Foto: Sascha Schött, Bonn

Grußwort

Redzep Memisevic ist Wahl-Bad Salzufler seit beinahe 40 Jahren. Er hat die Stadt mit seiner Schaffensfreude und überbordenden Kreativität geprägt. Die Herausgabe eines Bildbandes anlässlich seines 70. Geburtstages bietet Gelegenheit, zu gratulieren und Dank zu sagen: Für die Treue zu unserer Stadt und für künstlerisches Schaffen, von dem Bad Salzuflen in vielfältiger Weise profitiert.

Begonnen hat es in Bad Salzuflen mit den Kindern: Für Generationen von Schülerinnen und Schülern hat er einen Zugang zur Kunst geschaffen. Dazu kamen Erwachsene, die von ihm lernen wollten: In seinen Kursen haben angehende Künstler einen neuen Blick auf Techniken und Inhalte bekommen.

Vor allem aber sind da seine Bilder. Sie fesseln, faszinieren und machen Lust darauf, Hintergründe zu entdecken. Sie strahlen in ihrer Farbigkeit und machen die Zuordnung in ein bestimmtes Genre schwer. Frauen und Mädchen, sein bestimmendes Thema, werden dargestellt und gleichzeitig verhüllt. Der ehemalige Meisterschüler und Preisträger hat nie aufgehört, sich inspirieren zu lassen und dazu zu lernen: Von der kleinen Infantin Margarita auf den Bildern Velázquez' ebenso wie von Bildern alter Meister im Louvre, von denen er das eine oder andere besuchte, um es genau zu studieren. Redzep Memisevic schafft es in seinen Bildern, zwei Aspekte der Wirklichkeit darzustellen: Die Andeutung, das Geheimnis und das überraschende, klare, scharfe Detail. Sie passen zu einem Künstler, der die Freiheit des Pinsels liebt und der ein meisterlicher Schachspieler ist.

Malen bestimmt sein Leben, von klein auf, in jeder freien Minute. Und so können wir uns über eine Fülle von Bildern freuen, die pünktlich zu seinem Geburtstag in diesem Bildband dokumentiert wurden.

Redzep Memisevic ist Mitglied im Bundesverband Bildender Künstler und des Lippischen Künstlerbundes. Er ist auch Gründungsmitglied der Bad Salzufler Künstlervereinigung „Das Fachwerk" und hat damit geholfen, eine „Szene" in der Stadt zu etablieren, die weit über ihre Grenzen hinaus bekannt ist.

Wir sind stolz auf einen liebenswerten Künstler in unserer Mitte, der uns bereichert hat und nicht vorhat, damit aufzuhören.

Dr. Wolfgang Honsdorf
Bürgermeister der Stadt Bad Salzuflen

Vorwort

Es freut mich persönlich sehr, dass die Kulturagentur des Landesverbandes Lippe in diesem Jahr eine Retrospektive der Werke von Redzep Memisevic zum 70. Geburtstag des Künstlers zeigt. Ergänzt wird die Ausstellung von einer weiteren Schau in der Bürgerhalle in Bad Salzuflen. Der im ehemaligen Jugoslawien geborene Redzep Memisevic studierte zunächst an der Kunstakademie in Belgrad, wo er als Meisterschüler mit staatlicher Auszeichnung abschloss. Anschließend kam er als Stipendiat an die Kunstakademie in Düsseldorf zu Professor Karl-Otto Götz. Schon in den siebziger Jahren nahm er seinen Wohn- und Arbeitssitz in Bad Salzuflen ein und bereichert seitdem nicht nur die lippische Kunstszene mit seinen Ausstellungen, sondern stellte häufig auch im In- und Ausland aus.

Seit Jahren ist er aktiv in der Bad Salzufler Künstlervereinigung „Fachwerk“ und ist nicht zuletzt deshalb in der Region bekannt und bewundert.

Redzep Memisevic ist ein hervorragender Kolorist. Dabei bleibt die erstaunliche Leuchtkraft seiner Farben, die er durch viele Übermalungen und atmosphärische dunkle Gründe erreicht, durchaus nicht nur Selbstzweck. Mädchen und Frauen in nicht näher definierten Räumen sind eines der Themen, welches Memisevic seit Jahren beschäftigt, er verzichtet bei seinen Figurenbildern auf klare Konturen. In seinen meist weiblichen Phantasieporträts sind die Gesichter nur angedeutet oder als Schatten zu ahnen. Einzelne Partien wie Mund, Augen, ein scharfes Profil werden überbetont, anderes, Unwesentliches tritt ganz zurück. Zart wirken die Figuren, wie dahingehaucht. Orientalisch muten seine blumigen Ornamente an, diese dienen aber ebenfalls vor allem dazu, bestimmte Wesenszüge in einem reich bewegten ornamentalen Spiel zu akzentuieren. Farben dienen der Schilderung, er stellt leuchtendem Gelb und verschiedenen Weißtönen Erdfarben und differenziertes Grün gegenüber, ergänzt von kleinen Farbakzenten beispielsweise in Orange und Blau.

Sicherlich sind die Räume der Domäne ein würdiger Rahmen dieser Retrospektive, die einen Einblick in das vielseitige Werk des Künstlers zeigt. Ich bin sicher, dass dieser Überblick über sein Schaffen auf reges Interesse stoßen wird.

Ich wünsche der Ausstellung – und natürlich dem Künstler Redzep Memisevic für seinen weiteren Lebensweg – viel Erfolg.

Hans-Joachim Niehage
1. Stv. Verbandsvorsteher, Landesverband Lippe

Faszinierende Bilderwelt mit leichter Hand gestaltet

Redzep Memisevic und seine malerische Sicht der Dinge

Er ist freundlich und zuvorkommend, gleichzeitig aber weiß Redzep Memisevic, was er will.

Das ist nicht nur heute so. Schon immer hat der nunmehr 70-Jährige gewusst, wohin seine Reise gehen soll. Diese feste Zielsetzung hat ihn vor einem Leben zwischen Stoffballen, Maßnehmen, Nadel, Faden und Anproben bewahrt und ihm alle Freiheiten eines Künstlerdaseins beschert.

Alle Freiheiten?

Zumindest die des individuellen künstlerischen Ausdrucks, der eigenen Bildwahrhaftigkeit und der personenbezogenen, individuellen Farbigkeit. Um sich diese Freiheiten zu sichern, musste Memisevic Kompromisse eingehen, die in seinem Fall das Angenehme mit dem Nützlichen verbanden. Als Kunstpädagoge war er an Realschulen und am Gymnasium tätig. Das sicherte das Leben und im Laufe der Jahrzehnte den ständigen Kontakt zum kunstbezogenen Gegenwartsgeschehen sowie zu den nachwachsenden Generationen. Und weil das Fach Kunst innerhalb des Schulbetriebes auch heute noch Individualisten Freiräume belässt, hatte der Lehrer zu seinen Schülern stets ein entspannt freundschaftliches Verhältnis. Er vermochte die Jugendlichen für die Bildende Kunst zu begeistern, zumal er selbst als Macher aus eigener Erfahrung schöpfen konnte.

Und eben diese Erfahrungen als Gestaltender sammelt Redzep Memisevic sein Leben lang.

Schon als kleiner Junge hat er gezeichnet und gemalt. Obwohl er damit Ausnahmetalent bewies und sich den Besuch der Kunstakademie wünschte, rieten ihm die Eltern im heimischen Belgrad, nach der mittleren Reife sicherheitshalber einen soliden Brotberuf zu erlernen.

Also absolvierte der künstlerisch Ambitionierte eine Schneiderlehre. Das bedeutete: Tagsüber sticheln, abends stricheln. Denn mit der handwerklichen Ausbildung hatte der junge Mann sein Lebensziel nicht ad acta gelegt. Konsequent malte und zeichnete er immer wieder sein Motiv: junge, fast mädchenhafte Frauen. Außerdem arbeitete er in Abendkursen an seiner Präsentationsmappe für die Aufnahme in die Akademie.

Nach gut zwei Jahren als Schneider, in denen er mit seinem Einkommen zum Lebensunterhalt der Familie beitrug, schaffte Memisevic 1961 die anspruchsvolle Aufnahmeprüfung für Belgrads Akademie der Bildenden Künste und avancierte dort umgehend zum besten Studenten im 30-jährigen Bestehen der Hochschule.

In der Akademie legte man großen Wert auf die klassische Ausbildung. Zeichnen wurde ganz groß geschrieben. Zwei Jahre lang durfte Memisevic ausschließlich Schwarz-Weiß arbeiten. Danach kamen schrittweise die Grundfarben hinzu, in denen sich die Studierenden ausdrücken durften. Arbeitsdisziplin und Anerkennung ziehen Förderung nach sich. Mit einem Stipendium ausgestattet kam der angehende Maler über den Deutschen Akademischen Austauschdienst an die Kunstakademie Düsseldorf.

Der Wechsel war wie ein Übergang in eine andere Kunstwelt. In Düsseldorf hatten die Studierenden alle gestalterischen Freiheiten. Einige orientierten sich am Stil ihrer Lehrer, andere suchten nach eigenem Ausdruck. Zu dieser Gruppe zählte der junge Mann aus Belgrad. Er kam mit dunkelfarbigen, pessimistisch anmutenden Arbeiten an den Rhein. Unter den Fittichen von Professor Karl-Otto Götz vollzog Memisevic langsam seinen ersten künstlerischen Wandel. Er löste sich vom Abbildhaften und wandte sich einer eher offenen Auffassung zu, ohne jedoch in die Gegenstandslosigkeit abzudriften, die damals in Düsseldorf allenthalben favorisiert wurde.

Dieser erste Schritt in Richtung künstlerische Eigenständigkeit wird von einem grundlegenden Farbwechsel begleitet: Plötzlich sind die pessimistisch-düsteren Farbklänge passé. Memisevic mischt auf seiner Palette optimistisch-lebendige Farbtöne.

Diese Hinwendung zur differenzierten Farbigkeit kam den immer offener werdenden Frauendarstellungen zugute, in denen er gern Accessoires wie Blumen und Schmuck als ergänzendes Beiwerk berücksichtigt.

Auf diesem Weg ist Memisevic auch heute. Die Frau hat für ihn als großes Thema seiner Malerei nichts an Faszination eingebüßt. Im Gegenteil. Je mehr er sich mit der Darstellung von Mädchen und Frauen beschäftigt, um so differenzierter werden seine malerischen Umsetzungen. Bei denen greift er nicht nur zu Pinsel oder Spachtel, er arbeitet mit den Fingern, mit Schwämmen, Tüchern und allen möglichen Hilfsmitteln, um sein bildhaftes Ideal auf der Leinwand zu realisieren.

Auch wenn er seit Jahrzehnten seinem Thema treu geblieben ist, Veränderungen in der Auffassung sind en masse zu beobachten. Fast 20 Jahre hatte Memisevic Gelb für sich okkupiert. In wie vielen Nuancen er diese leuchtende Farbe für seine malerischen Impressionen abgewandelt hat, ist nur schwer zu schätzen.

Mitte der 90er Jahre gesellten sich erdige Naturtöne hinzu, die nach und nach die Oberhand in den immer impressionistischer aufgefassten Arbeiten gewannen. Dem früher von ihm favorisierten pastosen Farbauftrag tritt immer mehr eine vertreibende, altmeisterliche Malweise gegenüber. Die Bilder werden in sich sanfter, transparenter und dadurch weiblicher.

Seine Figuren zeigt der Künstler nie durchgearbeitet, sondern stets angerissen, Raum für persönliche Auslegungen lassend. Mal sind Silhouetten zu sehen, dann nur angedeutete Gesichter mit sprechenden Augen oder lächelndem Mund. Kleidung oder Haare sind – wie alles andere der Figur – oft nur skizziert, selten konkret umrissen.

Typisch für Memisevic ist, dass er seine Personen in einem eher gefühlten als tatsächlich begrenzten Raum inszeniert. Es gibt diffuse raumbeschreibende Attribute in den Formaten, in denen vor allem Licht die richtungsgebende Konstante ist. Deswegen kommt Memisevic ganz (bewusst) ohne Perspektive aus. Das unterstreicht das situative Moment, das all seinen malerischen Schilderungen innewohnt. Er stellt eine Episode dar, hält einen Augenblick fest, der heute wirklich jenseits aller Alltagsschwere liegt.

Diese Leichtigkeit in der malerischen Darstellung ist in einem begründet: Im Wissen um die Gesetzmäßigkeiten der menschlichen Anatomie. Aus diesem Grund kann der Siebzigjährige mit der Figur spielen, ohne jemals Gefahr zu laufen, bei aller formalen Auflösung in starre Figürlichkeit zu verfallen.

Damit er den Kontakt zum Körper und dessen Gesetzmäßigkeiten behält, gehört der Wahl-Salzufler zu den festen Akteuren der donnerstäglichen Aktmal-Abende der Künstlervereinigung „Das Fachwerk". Dort erfasst er die Modelle mit nur wenigen treffsicheren Pinselstrichen. Hunderte Aquarellblätter zeugen von der Intensität dieser Studien, die allerdings längst – über das Stadium der Skizze hinausgewachsen – völlig eigenständige Arbeiten sind.

Der Mann mit dem gestalterischen Potenzial ist – wie viele mit ihm – von den Infantinnen-Bildern des Diego Velázquez fasziniert. Der Heroe der Kunstgeschichte zeigte im steifen Staatsgewand der höfischen Etikette die Kinder des spanischen Königs zwar als kleine Erwachsene, aber eben doch als Kinder.

Memisevic zitiert diese weltbekannten Bilder, aus denen er die Personenkonstellation übernimmt, nicht aber das fein gefügte Ambiente. In seinen Zitaten geht Memisevic sogar einen Schritt weiter, er arbeitet mit Flächen und Versetzungen, die schon von daher für Spannung in seinen Velázquez-Interpretationen sorgen.

Und mit Spannung geht Redzep Memisevic ins nächste Lebensjahrzehnt. Ruhestand? Das ist nichts für ihn. Er, der als wacher Geist von überall her Eindrücke wahrnimmt, kann und wird nicht weniger aktiv sein, so lange die Gesundheit mitspielt. Zu viele Bilder sind im Kopf gespeichert, müssen rausgelassen und noch gemalt werden.

Mal sehen, wie der „gereifte" Memisevic sein Lebensthema in Zukunft artikuliert. Sicherlich farbig ausgewogen, formal spannungsreich – und unbedingt immer ein Ansehen wert.

Lothar Nenz

A fascinating world of paintings created with a light touch

Redzep Memisevic and his artistic view of objects

He is friendly and obliging, yet, at the same time Redzep Memisevic knows exactly what he wants to achieve.

His clear sense of direction is not only apparent today, the 70-year-old artist has always known where the journey should take him. This strong determination presented him with the freedom of an artist's life and saved him from an existence surrounded by bales of cloth, measurements, needle, thread and the fitting-room.

Total freedom? He enjoyed at least the freedom of his personal artistic expression and the stamina of staying truthful to his particular figurativeness producing individual tableaux of a distinctive colour code.

In order to safeguard this freedom Memisevic had to combine the necessary with the pleasing: as an art teacher he instructed at middle school and grammar school level. This is how he could secure his lifestyle, stay in contact with the following generation and the latest developments in the arts scene. Art taught at school, even today, still provides a lot of freedom and individuality in the world of regulated teaching. Being a creator of art himself and drawing from his own experience, Memisevic was able to establish a friendly relationship with his pupils and equally enthuse them for the visual arts.

It is these experiences that Redzep Memisevic has gathered throughout his entire life. Even as a young boy he drew and painted. Although he displayed exceptional talent and wished to study at art school, his parents in Belgrade suggested he should seek an apprenticeship after middle school, thereby securing a bread-winning profession.

This is why he trained as a tailor. His days were spent sewing, his evenings practising painting techniques. On successful completion of his apprenticeship the young man did not give up his life's aim. He would draw and paint the same motif over and over again: young, almost girl-like women. In addition to this, he attended evening classes working on his portfolio to gain entry into art college.

After a good two years working as a tailor and thereby adding to the family's income, Memisevic succeeded in passing the exacting entrance exam to Belgrade College of Art. He soon rose to the position of best ever student in the thirty-year-old history of the academy.

The Belgrade College of Art attached great value to the classic training of its students. Drawing was the number-one technique. For two years Memisevic was only allowed to exclusively work in black and white. Then, step by step, the primary colours were added. His self-discipline and conscientiousness gained him recognition and sponsorship. With a scholarship from the German Academic Exchange Programme DAAD he arrived at the famous College of Art in Düsseldorf.

The passage from Belgrade to Düsseldorf symbolized the transition into a totally different art world. Here the students were allowed as much creative freedom as they wanted. Some followed the style of their teachers, others sought their own expression. It is with this latter group that the young man from Belgrade found himself. He arrived on the Rhine with dark, pessimistic-looking works of art. Under the wing of Professor Karl-Otto Götz, Memisevic gradually experienced his first artistic mutation. He distanced himself from the mere representation of objects and turned to a rather more open approach, a concept generally favoured at Düsseldorf.

This first step towards artistic independence was accompanied by a basic change of the colour scheme: suddenly the dark pessimistic tones were passé, optimistically vibrant colours were blended on his palette. The move towards the distinctive use of a kaleidoscope of colours favoured the broader representation of the nude female, which is often complemented by ornaments like flowers or other accessories.

Memisevic still pursues this path today. The motif of the female form has not suffered any loss of fascination as one of his favourite subjects. On the contrary. The more concerned he is with the portrayal of girls and women, the more differentiated his interpretation. He not only uses brush or palette knife, he works with his fingers, with sponges, cloth and all sorts of aids to realize his ideal on the canvas.

Although he has remained true to his theme over several decades now, changes in his interpretation are apparent en masse. For a good twenty years the colour yellow has dominated his palette. Just how many variants of this bright colour Memisevic has modified is hard to measure.

In the mid 1990s earthen-coloured tones were added and took the upper hand in the more impressionist style of his work. The previously favoured paste-like application of paint ceded to a dispersion-like dressing of colour, a technique typical of the old masters. The paintings themselves become softer, more transparent, and thereby more feminine.

The artist never presents his figures in total detail, but merely intimates their outline, leaving space for personal analysis. Sometimes there are only silhouettes, hints of faces with communicating eyes and smiling lips. Clothing and hair, like the rest of the figures, are only lightly sketched, seldom prominently depicted.

Memisevic stages his subjects in a rather more perceived than real space. There are diffused attributes dissolving in the space, light being the directive constituent. This is why Memisevic intentionally makes do without the creation of perspective. The lack of an obvious point of view underlines the in situ element of all his works. He outlines an episode, catches the moment far removed from today's worries.

The lightness of his artistic illustration is based on his knowledge of the regularity of the human anatomy. Redzep Memisevic plays around with his figures and despite the formal dissolution of his objects he doesn't run the risk of rigid figurativeness.

He takes part in the weekly nude-painting classes of the artists' unification "Das Fachwerk" every Thursday evening in his chosen home town of Bad Salzuflen, enabling him to stay in touch with and practice this art form. He sketches the models with only a few sure brush strokes. Hundreds of sheets of water colours are witness to the intensity of these studies, studies which, in themselves, go way beyond the mere state of sketching, watercolours which turn out to be accomplished paintings.

Like numerous other people this creative man is fascinated by the paintings of Diego Velázquez. This very hero of the history of art depicts the infante children of the Spanish king as little adults dressed according to court etiquette in stiff state robes, yet manages to portray them as children.

Memisevic refers to these world famous paintings imitating the arrangement of the group of personae, he doesn't however copy the ambience. In his adaptations Memisevic goes one step further and beyond the original. He uses surfaces and displaces them and hereby creates the suspense in his Velázquez interpretations.

It is with anticipation that he progresses into his eighth decade. Retirement? This is not for him. As long as his health allows and bearing in mind his alertness he will not rein back his activities nor his appetite for inspiration. There are still too many images stored in his head which need to be released and painted.

Let us see how the mature Redzep Memisevic will articulate his life's theme in the future. His approach will probably incorporate a balanced configuration of colour, which, in its formality, will be rich in suspense and most definitely worth viewing.

Lothar Nenz

Painter of Light

In painting, light constitutes an irreplaceable component. Without light a picture would remain inconceivable. It is light which makes colours visible as well as space and dimension, and light bestows atmosphere on the picture. Painters consciously employ it as a stylish device – dramatically, subtly, naturalistically, spherically or like an all-illuminating spot-light.

Redzep Memisevic is a painter of light. Perhaps without consciously wanting to. It makes its way into his paintings like an apricot-coloured ornament. It is obvious and an ever-present element which allows the structures to appear like images of reminiscence – absorbed and visible alike as in a dream of a warm summer afternoon, where memory lingers in parts of one's mind. What remains is emotion.

Redzep Memisevic loves the transient impression. He likes to express himself in a not too conscious manner. He likes to give hints. "I simply do without the unnecessary", he says. What he concentrates on, however, is the typical, the ornament. He talks about fluid light as a symbiotic part of the characters, a light which displays the quality of an innate sun, and he mentions the limited space of the canvas which furnishes intimacy.

A seemingly limitless room with an abundance of canvasses is, on the other hand, the painter's drawing-room in his Bad Salzuflen home. These canvasses abound not only there, they are literally stacked up to the attic. Their number is legion. "I don't swim, run, or go for a walk. I paint instead", Redzep Memisevic adds with a smile. He is satisfied with his way of life.

"I have always regarded myself as a painter, rather than an artist. This term, to me, seems to imply too much", he reveals. In times past, he composed his canvasses in a blunt and expressive manner, far away, from the momentum of his later works.

Landscapes, drawings or watercolours he calls "my calendar illustrations" which he does not cherish overmuch, since he does not believe in reproducing reality, but in reflecting what his eye takes in: the spiritual eye as well as the material one. Consequently, the graphic arts held no special attraction for him: "There, I would only scatter my energy."

The exact contrary holds true for the depictions of the nude which constitute an important part of Redzep Memisevic's work. They shine bright like his paintings. They are consistent forms and refined torsi which constantly offer the viewer new insights.

Although he has certainly treated the topic a thousand times over, Memisevic likes to touch it all over again, because he is convinced that the variety of what is possible is far from having been dealt with completely.

Very often unity of form in his paintings is reflected by the figure of the Infanta of Spain. Redzep Memisevic had discovered the concept in the paintings of Diego Velázquez. There, the Infanta is depicted like a triangle, like a sign, half woman, half girl. The importance lies in the meaning rather than in the form. Purely a matter of semantics, with the signs being self-explanatory. Memisevic makes use of this figure over and over again – more or less visible – in his oils and watercolours, employing several layers of colour and occasionally reducing it to paint details which seem to be halfway blotted out by the gleaming light.

Very rarely the concept of a painting follows a stringent plan. Intuition is the driving force – accompanied by the music which Redzep Memisevic likes to listen to when he paints. But it is not the rhythm of these compositions which finds its way into the painting. It is the mood of Macedonian and Russian folk songs and of the Arabian tunes which surround the painter in his studio.

It is in this studio, in the cellar of his house where the secret of the organic light which adorns the pictures of Redzep Memisevic lies: The secret is the absence of natural brightness. "This light does exist – out there in the open. But to get it into my studio, I have to bring it in."

Sven Koch

Maler des Lichtes

Das Licht ist in der Malerei eine Komponente, ohne die ein Bild gar nicht denkbar wäre. Farben werden erst durch das Licht sichtbar, Räume und Tiefe, und das Licht verleiht dem Bild Stimmung. Maler setzen es als bewusstes Stilmittel ein – dramatisch, subtil, naturalistisch, sphärisch oder wie einen alles beleuchtenden Spot.

Redzep Memisevic ist ein Maler des Lichts. Vielleicht, ohne es bewusst zu wollen. Wie ein apricotfarbenes Etwas schleicht es sich als Substanz in seine Gemälde. Es ist greifbar und ein stets vorhandenes Element, aus dem sich die Strukturen wie Schemen der Erinnerung herausschälen – halb versunken, halb sichtbar, wie in einem Traum von einem warmen Sommernachmittag, dessen Geschehen nur noch in Bruchstücken und Fetzen im Bewusstsein haftet. Was bleibt, ist das Gefühl von Wärme und Sentimentalität. Was bleibt, ist Emotion.

Redzep Memisevic liebt die flüchtige Impression, das nicht Bewusste und die Andeutung. „Alles, was nicht unbedingt da sein muss, nehme ich weg", sagt der Maler. Was er hingegen belässt, ist das Typische, das Ornament. Er spricht von fluidem Licht, das mit den Figuren eine Symbiose eingeht, das von Innen heraus strahlt wie eine Sonne, und von dem begrenzten Raum der Leinwand, der für Intimität sorgt.

Ein schier unbegrenzter Raum, der voller Leinwände steht, ist hingegen der Teesalon in der Bad Salzufler Wohnung des Malers. Tatsächlich stapeln sie sich nicht nur dort. Sie sind Legion und füllen das Gebäude bis unter das Dach. „Ich schwimme nicht, ich laufe nicht, ich gehe nicht spazieren, ich male", sagt Redzep Memisevic und lächelt. Er ist zufrieden. Er hat seine Bezugspunkte gefunden.

„Ich habe mich immer schon als Maler gesehen, nicht so sehr als Künstler. Dieser Begriff ist mir zu weit gefasst", verrät er. Früher malte er schwere, expressive und grobe Bilder mit kräftigem Duktus, die nichts von dem leichten Schwung seiner späteren Arbeiten haben. Landschaften, Ansichten und Aquarelle nennt er selbst „meine Kalenderbilder", an denen sein Herz nicht hängt, denn ihm selbst geht es nicht um das Konkrete, sondern stets um das Auflösen dessen, was sich seinem Auge bietet: dem inneren wie dem physischen. Auch Grafiken haben ihn nie besonders gereizt: „Da verzettele ich mich zu sehr."

Anders ist das bei den Akten, die einen gewichtigen Teil im Werk von Redzep Memisevic einnehmen. Sie strahlen wie seine Gemälde. Es sind in sich geschlossene Formen, reduzierte Torsi, die jedes Mal andere Erlebnisse beim Betrachten versprechen. Es sind sicher Tausende, aber immer wieder stellt sich Memisevic erneut dem Reiz der Form, und er weiß, dass das Spektrum des Möglichen noch längst nicht ausgeschöpft ist.

Die Geschlossenheit der Form findet sich in seinen Gemälden sehr häufig in Gestalt der Infantin von Spanien wieder. Redzep Memisevic hat das Konzept in den Bildern von Diego Velázquez gefunden. Die Infantin: wie ein Dreieck, wie ein Zeichen. Halb Frau, halb Mädchen. Nicht die Figur ist wichtig, sondern ihre Bedeutung. Pure Semantik. Die Zeichen, die für sich selbst stehen. In seinen Bildern taucht die Figur immer wieder auf – mal mehr, mal weniger sichtbar. In Öl und Aquarell, herausgearbeitet in mehreren Farbschichten, gelegentlich nur in Details und halb verschluckt vom alles durchströmenden Licht.

Selten steht die Idee für das Gemälde vorher fest. Was entsteht, entsteht aus der Intuition heraus – und zu der Musik, die Redzep Memisevic beim Malen meistens hört. Doch es ist nicht der Rhythmus der Kompositionen, der sich auf der Leinwand niederschlägt. Es ist die Stimmung der mazedonischen und russischen Volkslieder und der arabischen Klänge, von denen sich der Maler in seinem Atelier umhüllen lässt. Und genau dort, in seinem Keller-Atelier, ruht auch das Geheimnis des organischen Lichtes der Bilder von Redzep Memisevic, und das Geheimnis liegt in der Abwesenheit von natürlicher Helligkeit. „Draußen in der Natur", sagt er, „ist es von alleine da. In mein Atelier muss ich es hereinholen."

Sven Koch

Würdigung

Dazu beizutragen, dass das künstlerische Lebenswerk von Redzep Memisevic, einem anerkannten Künstler der Region, zu seinem 70. Geburtstag mit einem Bildband gewürdigt wird, ist für alle Beteiligten keine Arbeit, sondern eine sehr angenehme Tätigkeit.

So fanden sich schnell Freunde der künstlerischen Fähigkeiten des vielseitigen Malers, zu seinem Geburtstag Ausstellungen durchzuführen und dazu einen Katalog zu erstellen. Der Künstler selbst war es, der es gern übernahm, geeignete Bilder zusammenzustellen, die seine künstlerische Entwicklung über die Jahrzehnte deutlich machen.

Für Freunde und Sponsoren war es eine Freude, den Katalog entstehen zu sehen. Die Kulturagentur des Landesverbandes Lippe war die richtige Institution in Lippe, die Herausgeberschaft des Bildbandes zu übernehmen und seine Entstehung mit großer Sachkunde zu begleiten. Die Beliebtheit des Künstlers auch unter Berufskollegen wird schon daran deutlich, dass der Künstlerkollege Wolfgang Heinrich sofort bereit war, einen Teil der Übersetzungsarbeit ins Englische zu leisten, weil Redzep Memisevic ein Buch mit zweisprachigen Texten schaffen wollte.

Daraus wird deutlich, dass heute Künstler ihre Kollegen respektieren und sich gegenseitig fördern, wie es sein sollte. An dieser Stelle sei allen gedankt, die an der Entstehung und Vollendung des Werkes mitgewirkt haben. Wir wünschen dem Künstler Redzep Memisevic noch viele Jahre voller Schaffenskraft.

Walter Kern, MdL, Lemgo
Wolfgang Stückemann, Lemgo

R. Memišević 76

Redžep Memišević
77

R. Mencelevic '70

R. Memin

R. Mernisević 97

R. Menire

Und genau dort, in seinem Keller-Atelier, ruht auch das Geheimnis
des organischen Lichtes der Bilder von Redzep Memisevic,
und das Geheimnis liegt in der Abwesenheit von natürlicher Helligkeit.

„Draußen in der Natur“, sagt er,
„ist es von alleine da.
In mein Atelier muss ich es
hereinholen.“

Redzep Memisevic stellt aus

Die Präsenz realer Träume

Sphärische Welten ohne Zeit und Raum

Dämonische Poesie aus samtwarmen Farben

Ausstellungen des Malers R. Memisevic bei Würzner und „Fatty“

Redzep Memisevic und seine geheimnisvollen Frauen im Pavillon

Die lichten Momente des Lebens

: Redzep Memisevic geht als Kunsterzieher Ende diesen Monats in den Ruhestand, als Maler möchter er nun seine Tage füllei
3ad Salzuflen wird er mit einer Ausstellung seiner jüngsten Arbeiten gefeiert. FOTOS: KIEL-STEINK

Figuren – immer wieder

Redzep Memisevics neueste Arbeiten im Fachwerk

Redzep Memisevic:

Engelsgleiche Figuren im Phantasieraum

ɪNA

.usstellungen zu igen Lebensein- Künstlers sind icht ungewöhn- tlervereinigung t es zum 65. Ge- Memisevics an- seine Arbeiten genen Jahr erst-

ls eine Vorberei- Lebensabschnitt s Noch-Lehrers Aspe betrachtet che Figuren sind ein Markenzei- it. Allüberall tra- lich oder verwa- ier da.

ıen Jahr hat Me- ıt, sich von sei- ösen. Was Orna- un zentraler Ge-

genstand: Tulpen, die scheinbar von einem Tisch gefallen sind, oder eine Vase mit einem reichen Strauß Blumen. „Das Fest“, „Herbst“, „Festlicher Tisch“ oder „Der große Tag“ hat er die Stillleben in Öl genannt.

So ganz hat er die Figuren nicht lassen können, trotz allen Wollens. Immer wieder, sagt er, erschien ein Kopf oder ein ganzer Körper. Zum Teil übermalte er. Memisevic schuf damit Strukturen und Verläufe die manchmal an Landschaften und dann wieder an Stillleben erinnern. Nicht immer hat er den Figuren widerstehen können. „Denkmal“ zeigt in Blau- und Grautönen eine Säule – oder ist es der Körper ? – auf einem Sockel. Obenauf ein Frauenkopf.

„Denkmal“ ist ein gutes Beispiel für seine Weise, das Material zu verwenden. So streicht er Öl über Acryl, die Farbe verläuft

Aquarell: *Ein Akt, gemalt in wenigen Minuten, mit dickem Pinsel.*

bɪ re re dc Lɪ sc Dɪ sind es Reste einer Schrift?

Memisevic lässt die Ergebı

Neue Ausstellung von Redzep Memisevic

Gefühlsbetonte Werke

Der Maler mit den Mädchen

Rezep Memisevic stellt auf der Galerie des Rathauses Lippinghausen aus

Akt-Aquarelle: Rasch mit ein dicken Pinsel hin geworfı un in

Poetische Malerei

Ölbilder von Redzep Memisevic in der Art-Galerie Fritzen

be Se ber; Fachwerk Bad Salzufl Schötmar, Pfarrkamp 8: di-fr 19 Uhr, sa-so 15 - 18 Uhr.

Üppig leuchtend

Neue Werke von Redzep Memisevic

Redzep Memisevic
bei seiner Arbeit

Fotos: Marcus Rieth, Birkenfeld

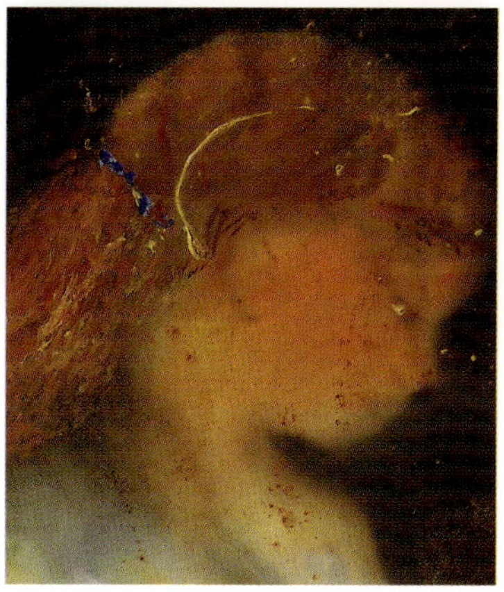

Dank

Dieses Kunstbuch konnte mit freundlicher Unterstützung folgender Institutionen, Unternehmen und Förderer verwirklicht werden.

Klaus-Peter Borchert, Bielefeld
Bredehorst oHG, Bad Salzuflen
Klaus Brummernhenrich GmbH & Co. KG, Bad Salzuflen
Darmzentrum Exter, Vlotho
Dr. Karl-Heinz Kempkes, Nettetal
Oswald Kölling GmbH & Co. KG, Bad Salzuflen
Messe Ostwestfalen GmbH, Bad Salzuflen
Rainer Naroska, Verpackungsmaschinen, Bad Salzuflen
Rüdiger Poppe, Geseke
Michael Raeth, MediaWerkstatt GmbH, Detmold
Sparkasse Lemgo
Stadt Bad Salzuflen, Kultur- u. Stadtmarketing
Staff Stiftung Ralf Gerke, Lemgo
Jörg Struckmeier, Detmold

Herzlichen Dank!
R. M.

Biography

Redzep Memisevic was born on the 27th September 1937 in Belgrade. His father came from Macedonia and his mother from Croatia. After eight years of primary education he went on to grammar school to achieve his intermediate high school certificate. He then completed a tailors apprenticeship.

In addition to his work at the tailors atelier he went to evening classes to prepare himself for the entrance examination at the Academy for Fine Arts in Belgrade. From 1961 to 1967 he studied art at the academy with Professor Zoran Petrovic. During this time he undertook art educational trips to France, Russia and the Netherlands.

He completed his studies as an outstanding student (master-class student) of Professor Nedeljko Gvozdenovic and was a "Beta Vukanovic-Fond" prize-winner. Then there followed a two-year scholarship from the German Academic Exchange Programme at the Art Academy in Düsseldorf as one of Professor Karl-Otto Götz's best students (master-class student).

After three and a half years as an art teacher in Schleiden/Eifel he moved to Bad Salzuflen, where he worked as an art teacher at the Aspe grammar school until his retirement in 2002. He is married and has a daughter and two sons.

Redzep Memisevic is a member of the federal association of fine arts ("Bundesverband Bildender Künstler"), the artists union in the Lippe area ("Lippischer Künstlerbund") and a founder member of the artists' unification "Das Fachwerk" in Bad Salzuflen.

Foto: Manfred Zimmermann, Gütersloh

Biografie

Redzep Memisevic wurde am 27. September 1937 in Belgrad geboren, als Sohn von Dzezair Memisevic, stammend aus Mazedonien, und Neire Memisevic, geborene Juric, aus Kroatien.

Redzep besuchte die reguläre Achtjahresschule und anschließend das Gymnasium bis zur mittleren Reife. Im Anschluss daran absolvierte er eine Schneiderlehre.

Neben seiner Arbeit im Schneideratelier bereitete er sich in Abendkursen auf die Aufnahmeprüfung für die Akademie für Bildende Künste in Belgrad vor. Von 1961 bis 1967 studierte er an der Belgrader Kunstakademie bei Professor Zoran Petrovic. Während dieser Zeit unternahm er Studienreisen nach Frankreich, Russland und in die Niederlande.

Er schloss sein Studium als Meisterschüler von Professor Nedeljko Gvozdenovic und als Preisträger aus dem „Beta Vukanovic-Fond" ab. Danach folgte ein zweijähriger Aufenthalt als Stipendiat des Deutschen Akademischen Austauschdienstes an der Düsseldorfer Kunstakademie als Meisterschüler von Professor Karl-Otto Götz.

Nach einer dreieinhalbjährigen Zeit als Kunsterzieher in Schleiden/Eifel zog er nach Bad Salzuflen, wo er bis zu seiner Pensionierung 2002 als Kunsterzieher am Gymnasium Aspe tätig war.

Er ist verheiratet mit Antje Memisevic, geborene Groß, mit der er drei Kinder hat – eine Tochter, Beate, und zwei Söhne, Roland und Alexander.

Redzep Memisevic ist Mitglied im Bundesverband Bildender Künstler, im Lippischen Künstlerbund und Gründungsmitglied der Künstlervereinigung „Das Fachwerk" in Bad Salzuflen.

Redzep Memisevic

Die Gegenwärtigkeit
des Malers während seiner Abwesenheit

"Die Nacktheit der Frau ist weiser als die Lehre der Philosophen."
Max Ernst

Lebensbilder

Einzelausstellungen

Auszug

1968 Düsseldorf. Carl Duisberg Gesellschaft. Ölbilder, Grafiken, Collagen. 07.07-31.07.
Belgrad. Galerie Kolarcev Narodni Universität. Ölbilder. 30.12.-15.01.1969

1969 Düsseldorf. Fatty's Atelier. Collagen. 12.04.-08.05.
Düsseldorf. Galerie Malte Würzner. Ölbilder, Gouaschen, Grafiken. 21.04.-29.04.
Krefeld. Atelier am Westwall. Ölbilder. 08.10.-30.11.

1970 Nettetal-Lobberich. Galerie Matussek. 24.01.-22.02.
Remscheid. Kulturamt. Ölbilder.

1971 Bad Godesberg. Jugoslawische Botschaft. Ölbilder.
Blankenheim. Kreismuseum. Ölbilder und Aquarelle. 10.08.-14.09. Mit Fernsehaufzeichnung.

1972 Burg Heimbach. Ölbilder. 19.08.-05.09.
Nettetal-Leuth. Auberge Leuther Mühle. Ölbilder. 15.08.-08.09.

1973 Düsseldorf. Galerie Petite. Ölbilder, Gouasche, Aquarelle. 05.09.

1974 Bad Salzuflen. Ausstellungsräume am Konzerthaus. „Dämonische Poesie aus samtwarmen Farben". 22.08.-05.09. Mit Fernsehaufzeichnung.

1977 Detmold. Galerie „Die Werkstatt". Marlis Delgado. Ölbilder. 01.10.-27.11.

1978 Minden. Galerie Fischer. Ölbilder und Aquarelle. 04.03.-25.03.

1981 Minden. Galerie Ragab. Ölbilder, Zeichnungen, Aquarelle. 15.05.-14.06.
Bad Salzuflen. Fachwerk. Ölbilder, Grafiken, Aquarelle, Zeichnungen. 04.07.-12.08.

1982 Bielefeld. Artothek. Bielefelder Kunstverein. Zeichnungen, Grafiken. 05.09.-17.10.

1983 Versmold. Galerie ET. Ölbilder, Akt-Aquarelle. 18.09.-09.10.
Bad Salzuflen. „Dat Huisken". Ölbilder. 05.06.-03.07.
Steinhagen. Rathaus. Ölbilder und Mischtechniken. 26.04.-15.05.

1984 Bad Salzuflen. Fachwerk. Ölbilder, Zeichnungen. 10.03.-04.04.
Detmold. „Cha Lu". Ölbilder. 20.05.-01.07.
Herford. Galerie im Fernmeldebezirk. Ölbilder, Zeichnungen, Grafiken, Aquarelle.18.05.-06.06.

1985 Herford. Daniel-Pöppelmann-Haus Studiogalerie. Aktstudien, Handzeichnungen. 10.08.-13.10.
Bonn. Haus der Parlamentarischen Gesellschaft. Ölbilder, Aquarelle, Grafik. 01.02.-15.02.

1986 Euskirchen. Förderverein für zeitgenössische Kunst. „Malerei und Zeichnung." 10.01.-31.10.
Bünde. Kreissparkasse. „Memisevic". 10.04.-30.04.

1987 Bielefeld. IPEZ. Ölbilder. 07.02.-07.03.
Bad Salzuflen. Fachwerk. „Ölbilder und Aquarelle". 27.07.-27.10.

1988 Bielefeld. BBK-Atelier Ravensberger Spinnerei. Ölbilder. 20.03.-03.04.

1990 Bad Salzuflen. Fachwerk. „Mädchen und Frauen". 06.05.-10.06.

1991 Detmold. Haus Wantrup. Ölbilder, Aquarelle, Zeichnungen. 20.11.-12.12.

1992 Bad Salzuflen. Rathaus Bürgerhalle. Ölbilder, Aquarelle. Zeichnungen. 02.04.-12.05.

1993 Enger. Volksbank Enger-Spenge. Ölbilder, Aquarelle, Zeichnungen.11.05.-14.06.
Detmold-Hiddesen. Haus des Gastes. Ölbilder und Aquarelle. 10.10.-04.11.

1994 Bielefeld. Galerie Menke. Ölbilder und Aktaquarelle. 15.12.-09.01.

1995 Detmold. Orbker Hof. Ölbilder. 12.04.
Bad Salzuflen. Fachwerk. „Begegnungen". 10.09.-08.10.

1996 Detmold. Amtsgericht. Ölbilder.
Bielefeld. Brakweder Kulisse. Ölbilder und Aquarelle. 01.09.-29.09.

1997 Bünde. Galerie im Krankenhaus. Ölbilder.
Detmold. Orbker Hof. „Dämonische Poesie". 28.02.-10.04.
Herford. Kreishaus. „Stationen". Ölbilder. 07.03.-07.04.
Bad Salzuflen. Rathaus. Bürgerhalle. „Rückblick I". 04.09.-02.10.
Bad Salzuflen. Fachwerk. „Rückblick II". 14.09.-12.10.
Bad Salzuflen. Konzerthalle. Ölbilder und Aquarelle. 27.09.-27.10.

1998 Detmold-Hiddesen. Haus des Gastes. „Zwischen Traum und Wirklichkeit". 29.03.-03.05.
Versmold. Galerie ET. Ölbilder und Aktaquarelle.
Lemgo. Galerie in der Jobbörse. Ölbilder und Landschaftsaquarelle. 29.06.-26.07. Mit Fernsehaufzeichnung.

1999 Bad Salzuflen. Fachwerk. „Akte in Aquarell und Fotografie". 17.10.-14.11.

2001 Berlin. Neues Kunstquartier. Ölbilder.
Herford. Galerie Fritzen. Ölbilder.

2002 Herford. Kunstwerk. Malerei und Aquarell. 13.01.-08.02.
Bad Salzuflen. Fachwerk. „Neue Arbeiten". 15.09.-13.10.
Porta Westfalica. Kunstverein. „Ölbilder und Aktaquarelle". 29.09.-25.10.

2003 Hiddenhausen. Rathaus. „Mädchen und Frauen". 07.03.-27.04.

2004 Luxemburg. Chateau de Bourglinster. „Arte Fakt". 27.03.-18.04.
Bielefeld-Brakwede. Rathaus Pavillon. „Begegnungen in Farbräumen". 28.11.-23.12.
Bielefeld BBK-Atelier Ravensberger Spinnerei. „Kunst Intensiv". 10.12.-12.01.

2005 Bad Salzuflen. Fachwerk. „Gemalte Träume". 16.10.-05.11.

2007 Lemgo. Schloss Brake. Domäne. 23.09.-21.10.

2007 Bad Salzuflen. Rathaus Bürgerhalle. 27.09.-31.10.

Gruppenausstellungen

Auszug

1965	Paris. Salon de Septembre. Galeries Raymond Duncan. 28.09.-30.09.
1966	Belgrad. Oktobersalon. Mit Katalog.
	Belgrad. Galerie Dom Omladine. „Generation 66". 05.05.-13.05. Mit Katalog.
1967	Belgrad. Oktobersalon. Mit Katalog.
	Belgrad. Galerie Cvijeta Zuzoric. ULUS. Neue Mitglieder. 23.03.-31.03.
	Belgrad. Galerie Dom omladine. „Fünf junge Künstler". 16.06.-04.07. Mit Katalog.
1969	Belgrad. Galerie Kolarcev Narodni Universität. „Aussteller des vergangenen Jahres". 02.07.-31.08.
1970	Remscheid. Stadttheater. „Jugoslawische Malerei heute". 01.04.-18.05.
1972	Blankenheim. Kreismuseum. Ölbilder.
1973	Düsseldorf. Kunstmarkt. Galerie Petit Düsseldorf.
1974	Bielefeld. Kunsthalle. Studiogalerie. BBK.
1975	Detmold. Residenzschloss. Kunsterzieher. Lippische Gesellschaft für Kunst. 14.01.
1976	Leopoldshöhe. Kunst im Rathaus. 06.04.
1977	Bielefeld. Kunsthalle. Studiogalerie. „Handzeichnungen 77". 30.12.-29.01.1978
	Essen. Gruga. „Von Land und Leuten". 14.05.-22.05. Mit Katalog.
1978	Bad Salzuflen. Rathaus. Bürgerhalle. „Vier Handschriften". 03.02.-28.02.
1979	Düsseldorf. Messegelände. Schmelzen - Giessen - Kunst. Gifa 79. 09.06.-15.06. Mit Katalog.
1980	Lemgo. Jahresausstellung des LKB.
	Herford. Daniel-Pöppelmann-Haus. BBK. 02.03.-23.03.
	Bad Salzuflen. „Das Fachwerk". 08.09.
	Bad Salzuflen. Rathaus. Bürgerhalle. Ölbilder, Aquarelle, Zeichnungen. 04.12.-31.12.
	Bielefeld. Kunsthalle. „BBK-80/81". Dez. 1980 - Jan.1981. Mit Katalog.
1981	Bad Salzuflen. „81". Das Fachwerk. 05.12.1981-15.01.1982
1982	Bad Salzuflen. „Das Fachwerk 82". 09.11.
1983	Lemgo. VHS. LKB. 28.10.-19.01.
	Bielefeld. Kunsthalle. BBK. „Bildtext - Textbild". 20.11.1983-08.01.1984
	Bad Salzuflen. Fachwerk. „Malerei, Grafik, Keramik". 05.11.-30.11.
1984	Bad Salzuflen. Fachwerk. „Aktstudien und Portraits". 07.08.
	Herford. Daniel-Pöppelmann-Haus. „Das Fachwerk stellt sich vor". 24.08.-23.09.
	Rom. Segno Grafico. „Venti incisori Tedesci". 08.10.
	Bad Salzuflen. Fachwerk. Jahresausstellung. 03.11.-02.12.
1985	Bad Salzuflen. Fachwerk. „Ausstellung 85". 19.11.
1986	Bad Salzuflen. Volksbank. „ Alt-Schötmar". 08.04. Mit Fernsehaufzeichnung.
	Bad Salzuflen. Fachwerk. „Ausstellung 86". 04.11.-30.11.
	Detmold. Kreishaus. „Das Fachwerk". 02.02.-07.03.
	Bad Salzuflen. Fachwerk. „Akt". 02.03.-31.03.
1987	Detmold. Landesmuseum. LKB. 25.04.-03.05.
	Bad Salzuflen. Fachwerk. Jubiläumsausstellung. 27.09.-27.10.
	Bad Salzuflen. Fachwerk. „Jahresausstellung". 01.11-29.11.
	Belgrad. Cvijeta Zuzoric. „20 Jahre - Generation 66". 04.12.-29.01. Mit Katalog.
1988	Herford. Daniel-Pöppelmann-Haus. „Vier Künstler stellen aus". 13.03.-03.04.
	Bad Salzuflen. Rathaus. Bürgerhalle. „Das Fachwerk". 08.10.-31.10.
	Bad Salzuflen. Fachwerk. „Jahresausstellung". 04.12.
1989	Bad Salzuflen. Fachwerk. „Ausstellung 89". 12.11.
	Detmold. Kreishaus. LKB. 19.03.-20.04.
1990	Bielefeld. BBK-Galerie in der Ravensberger Spinnerei. BBK Ausstellung. 09.03.-30.03.
	Lemgo. „Künstler sehen die alte Hansestadt Lemgo". 07.09.-30.09. Mit Katalog.
1991	Bad Salzuflen. Fachwerk. „Verwandlung". 12.12.-22.12.
1992	Bad Salzuflen. Fachwerk. „13 Gemeinschaftsausstellung". 27.11.
	Bad Salzuflen. Konzerthalle. „Das Fachwerk". 24.04.-19.05.
	Herford. Daniel-Pöppelmann-Haus. LKB-Jubiläumsausstellung. 05.09.
	Bad Salzuflen. Rathaus. Bürgerhalle. „Lehrer-Kunst". 28.11.
1993	Detmold. Landesmuseum. „Das Fachwerk". 05.06.-02.07.
	Bad Salzuflen. Fachwerk. „Aktbilder". 13.06.-04.07.
1993	Detmold. Haus Wantrup. „Sommerbilder". 18.07.-19.08.

1993 Oerlinghausen. Bürgerhaus. „Das Fachwerk". 24.11.1993-07.01.1994
Bad Salzuflen. Schloss Stietenkron. „Lippischer Bilderbogen". 25.11.-10.12.
Bad Salzuflen. Fachwerk Gemeinschaftsausstellung. 28.11.-02.01.
1994 Minden. Museum. „Das Fachwerk". 10.01.-31.01.
Detmold. Orbker Hof. „Starke Bilder". 09.03.-20.03.
Detmold. Arbeitsamt. „Das Fachwerk". 12.04.-27.05.
1995 Lüneburg. Museum. BBK „Austausch". 17.12.1995-21.01.1996
Minsk/Weißrussland. Staatliche Kunsthalle. „Das Fachwerk". 06.08.-20.08. Mit Katalog.
Bad Salzuflen. Rathaus. Bürgerhalle. Gruppe Fünf Plus. „Positionen im Wechselspiel". 01.06.-07.07.
Bad Salzuflen. Fachwerk. Gemeinschaftsausstellung. 10.12.
1996 Bad Salzuflen. „Das Fachwerk". 24.03.-21.04.
Lemgo. Galerie Eichenmüllerhaus. „6 Räume & 6 Rauminstallationen". 03.05.-02.06.
Bielefeld-Brakwede. Rathauspavillon. „Das Fachwerk". 26.05.-23.06.
Detmold. Orbker Hof. „Metamorphose" Gruppe Fünf Plus. 26.08.-08.09 Mit Katalog.
Herford. Markthalle. „Ausländische Künstler aus unserer Mitte". 06.09.-07.09.
Detmold. Kreishaus. „Fünf mal Fünf im Dialog". 10.12.1996-10.01.1997
1997 Spanien. Vila Fames. „Das Fachwerk". 01.03.-30.03.
Nienburg. Theater auf dem Hornwerk. „Das Fachwerk". 06.09.
Bad Salzuflen. Fachwerk. Gemeinschaftsausstellung. 04.12.1997-03.01.1998
Detmold. Arbeitsamt. LKB-Ausstellung. 05.11.-17.12.
1998 Bielefeld-Brakwede. „Die Erste Kunstmeile". 17.05. Mit Katalog.
Bad Salzuflen-Schötmar. Trinitatiskirche. „Versuchung". 23.05.-30.06.
Detmold. Galerie Neues Kunstquartier. „Maler und Modell". 25.06.-25.07.
Worpswede. Galerie Altes Rathaus. „Künstler aus Bad Salzuflen". 27.08.-27.09.
Horn. Design-Center. „Wir für Lippe". Lippische Künstlertage Hornitex. 24.10.-08.11. Mit Katalog
Bielefeld. Galerie Menke. „Neue Bilder". 29.10.-08.12.
Detmold. Arbeitsamt. LKB. 13.12.1998-22.01.1999
1999 Detmold . Orbker Hof. „Grafische Experimente". Gruppe Fünf Plus. 11.08.-26.09.
Bielefeld. BBK-Atelier Ravensberger Spinnerei. „Aus anderen Ländern". 05.08.-14.08.
Detmold. Arbeitsamt. „Aktuell 2000". 18.11.1999-28.01.2000
Bad Salzuflen. Fachwerk. Jahresausstellung. 06.12.1999-03.01.2000
2000 Osnabrück. Stadthalle. „Impulse". 10.02.-13.02.
Bad Salzuflen. Sparkasse. „Das Fachwerk". 24.03.-12.04.
Bad Salzuflen. Fachwerk. „Die Neusten Arbeiten". 10.12.-07.01.2001
2001 Bad Salzuflen. Fachwerk. „Gruppe Fünf Plus ganz klein". 25.03.-22.04.
Bielefeld. BBK-Atelier Ravensberger Spinnerei. Ausstellung „30-cm". 11.05.-27.05.
Bad Salzuflen. Fachwerk. Jahresausstellung. 02.12.2001-05.01.2002
Bielefeld. Galerie WDR-Studio „Gruppe Fünf Plus" 07.11.-29.11. Mit Fernsehaufzeichnung.
2002 Türkei. Yalova. „Das Fachwerk in Yalova". 24.10.-31.10.
Bad Salzuflen. Fachwerk. Jahresausstellung. 24.11.2002-05.01.2003
Herford. Kunstwerk. „Bildräume - Raumbilder". Gruppe Fünf Plus. 02.11.-22.11.
Bad Salzuflen. Neue Sparkasse. „Das Fachwerk". 16.12.
2003 Hofheim. „Das Fachwerk". Städtische Galerie. 13.03.-26.03.
Lemgo. LKB. 1. Ausstellung in der Sculpturenremise. 30.03.-01.06.
Bielefeld-Brakwede. Rathaus Pavillon. „Das Fachwerk". 19.10.-16.11.
Bad Salzuflen. Sparkasse. „25 Jahre Das Fachwerk". 24.06.-16.10.
2004 Bad Salzuflen. Fachwerk. Gemeinschaftsausstellung. 17.12.2004-16.01.2005
2005 Bad Salzuflen. Sparkasse. Beratungs-Center. „Lippische Künstler 2005". 03.11.
2006 Wernigerode. Altstadtgalerie. „Das Fachwerk". 20.03.-13.05.
Bielefeld. BBK-Atelier Ravensberger Spinnerei. „Nachtansichten". 28.04.-21.05.
Polen. Gorczow. Museum. „Das Fachwerk". 28.04.-16.06.
Lemgo. Schloss Brake. Domäne. „Kunst Aktuell". 23.04.-21.05.
Bünde. Galerie im Krankenhaus. „20-Jahre Kunst im Krankenhaus" 02.07
Lemgo. Galerie Eichenmüllerhaus. „Stillleben mit Fisch und Zitrone". 03.09.-01.10.
Lage. Technikum. Sibylle-Dotti-Stiftung. „moZARTfrauen". 20.10.
Bad Salzuflen. Fachwerk. Gemeinschaftsausstellung. 11.11.-03.12.
2007 Bielefeld. BBK-Atelier Ravensberger Spinnerei. „BBK-KOMPAKT". 12.01.-02.03.
2007 Detmold. Landesmuseum. LKB. Querschnitt 07. 20.07.-05.08.

Katalog

14 Anna als Kleopatra, 1965
Öl/Leinwand
55 x 55 cm
Jörg Struckmeier, Detmold

15 Amida, 1964
Öl/Leinwand
66 x 53 cm
Familie Naroska, Bad Salzuflen

16 Mit dem weißen Tuch, 1965
Öl/Leinwand
90 x 70 cm
Jörg Struckmeier, Detmold

17 Die alte Zigeunerin, 1965
Öl/Leinwand
92 x 67 cm

18 Freundinnen, 1966
Öl/Leinwand
98 x 98 cm

19 Kinderspiele, 1967
Öl/Leinwand
115 x 130 cm

20 Der große Tag, 1968
Öl/Leinwand
100 x 100 cm
Familie Dr. Kempkes, Lobberich

21 Das Entsetzen, 1969
Mischtechnik
75 x 53 cm

22 Raub der Europa, 1970
Öl/Leinwand
100 x 100 cm

23 Familie, 1972
Öl/Leinwand
114 x 97 cm
Familie Dr. Kempkes, Lobberich

24 Geheimnisvolle Gruppe, 1972
Öl/Leinwand
99 x 79 cm

25 Vertrautes Gespräch, 1973
Öl/Leinwand
92 x 71cm

26 Das Geschehen am Fenster, 1973
Öl/Leinwand
66 x 84 cm

27 Der Eindringling, 1975
Öl/Leinwand
100 x 118 cm

28 Mit der jüngsten Tochter, 1976
Öl/Leinwand
89 x 118 cm

29 Im Interieur, 1976
Öl/Leinwand
78 x 68 cm

30 Die Vogelscheuche, 1977
Öl/Leinwand
76 x 90 cm
Dietrich Kölling, Bad Salzuflen

31 Das Gespräch, 1977
Öl/Leinwand
98 x 88 cm
Familie Dr. Kempkes, Lobberich

32 Das geschmückte Denkmal, 1977
Öl/Leinwand
120 x 100 cm
Heinz-Wilhelm Quentmeier,
Bad Salzuflen

33 Antje, 1978
Öl/Leinwand
75 x 79 cm
Heinz-Wilhelm Quentmeier,
Bad Salzuflen

34 Im dunklen Zimmer, 1978
Öl/Leinwand
80 x 75 cm
Dietrich Kölling, Bad Salzuflen

35 Das Geschehen im Walde, 1979
Öl/Leinwand
80 x 100 cm
Dietrich Kölling, Bad Salzuflen

36 Mitten in der Nacht, 1979
Öl/Leinwand
90 x 80 cm

37 Der Wintergarten in der Ulmenstraße, 1980
Öl/Leinwand
80 x 100 cm
Familie Dr. Kempkes, Lobberich

38 Familie, 1979
Federzeichnung
40 x 55 cm

39 Auf der Bühne, 1981
Federzeichnung
44 x 57 cm

40 Vor dem Ausgehen, 1981
Öl/Leinwand
100 x 100 cm
Familie Naroska, Bad Salzuflen

41 Mit der Pusteblume, 1981
Öl/Leinwand
110 x 80 cm
Familie Dr. Kempkes, Lobberich

42 In Erwartung, 1982
Öl/Leinwand
100 x 115 cm

43 Vor dem Spiegel, 1981
Öl/Leinwand
100 x 80 cm
Familie Naroska, Bad Salzuflen

44 Der Morgen, 1982
Öl/Leinwand
50 x 70 cm
Wolfhard Rabbel, Bad Salzuflen

45 Denkmäler im Abendlicht, 1983
Öl/Leinwand
80 x 70 cm

46 Der große Tag, 1983
Öl/Leinwand
100 x 120 cm

47 Im Kindertheater, 1984
Öl/Leinwand
100 x 100 cm

48 Vor dem Spiegel, 1985
Öl/Leinwand
80 x 70 cm

49 Am Fenster, 1986
Öl/Leinwand
100 x 100 cm

50 Mit dem großen Apfel, 1988
Öl/Leinwand
95 x 115 cm

51 Hommage an Velázquez, 1990
Öl/Leinwand
120 x 100 cm

52 Sommernachmittag, 1991
Öl/Leinwand
100 x 120 cm

53 Das Doppelportrait mit Spiegelungen, 1991
Öl/Leinwand
110 x 120 cm

54 Das Geheimnis, 1992
Öl/Leinwand
100 x 80 cm
Familie Dr. Böcker, Bad Salzuflen

55 Im Interieur, 1992
Öl/Leinwand
100 x 80 cm

56 Begegnung mit Margarete, 1992
Öl/Leinwand
100 x 110 cm
Familie Dr. Dürholdt,
Bad Salzuflen

57 Das große Wetteifern, 1992
Öl/Leinwand
110 x 100 cm
Familie Dr. Klaus Rörentrop,
Bad Salzuflen

58 Das Geschehen am Fenster, 1992
Öl/Leinwand
80 x 100 cm

59 Die große Bewunderung, 1992
Öl/Leinwand
120 x 100 cm
Familie Dr. Böcker, Bad Salzuflen

60 Mit der Nike, 1993
Öl/Leinwand
100 x 100 cm

61 Im Morgenlicht, 1993
Öl/Leinwand
80 x 70 cm
Familie Pick, Bad Salzuflen

62 Der Tag der Vogelscheuche, 1994
Öl/Leinwand
100 x 120 cm
Familie Haese, Düsseldorf

63 Der Sprung, 1994
Öl/Leinwand
120 x 100 cm

64 Mit der Vogelscheuche, 1994
Öl/Leinwand
100 x 120 cm
Andreas Steinmetz,
Bad Salzuflen

65 Sommerfreude, 1994
Öl/Leinwand
80 x 100 cm

66 Die unerwarteten Besucher 1994
Öl/Leinwand
115 x 105 cm
Familie Pick, Bad Salzuflen

67 Der unerwartete Augenblick, 1994
Öl/Leinwand
120 x 110 cm
Wolfhard Rabbel, Bad Salzuflen

68 Auf dem Laufsteg, 1995
Öl/Leinwand
140 x 80 cm
Familie Dr. Kempkes, Lobberich

69 Vor dem Fest, 1995
Öl/Leinwand
100 x 80 cm

70 Mit dem blauen Schatten, 1995
Öl/Leinwand
100 x 100 cm

71 Feierliche Stunde, 1996
Öl/Leinwand
140 x 80 cm
Carola und Peter Kern, Entrup

72 Mit der großen Blume, 1996
Öl/Leinwand
150 x 110 cm
Klaus Brummernhenrich,
Bad Salzuflen

73 Erinnerung an Velázquez, 1996
Öl/Leinwand
110 x 120 cm

74 Am runden Tisch, 1996
Öl/Leinwand
80 x 100 cm

75 Der heiße Tag, 1997
Öl/Leinwand
140 x 100 cm
Carola und Peter Kern, Entrup

76 Am Vorabend, 1996
Öl/Leinwand
120 x 140 cm
Wolfhard Rabbel, Bad Salzuflen

77 Mit den Blumen, 1996
Öl/Leinwand
96 x 66 cm

78 Vor dem Ausgehen, 1997
Mischtechnik
62 x 42 cm

79 Das Ereignis, 1997
Öl/Leinwand
80 x 95 cm

80 Heißer Sommertag, 1997
Öl/Leinwand
100 x 100 cm
Michael Brüning,
Bad Salzuflen

81 Das Geschehen im Garten, 1997
Öl/Leinwand
100 x 100 cm
Wolfhard Rabbel, Bad Salzuflen

82 Mit der Hirtentasche, 1997
Öl/Leinwand
100 x 120 cm

83 Im Spiegel, 1997
Öl/Leinwand
140 x 80 cm
Familie Poppe, Geseke

84 Spaziergang, 1998
Öl/Leinwand
80 x 93 cm
Familie Päsch, Düsseldorf

85 Gruppenbild, 1998
Öl/Leinwand
155 x 110 cm
Wolfhard Rabbel, Bad Salzuflen

86 Die Ankunft der Nacht, 1998
Öl/Leinwand
110 x 130 cm

87 Nächtlicher Spaziergang, 1998
Öl/Leinwand
150 x 100 cm

88 Bad Salzuflen, 1999
Öl/Leinwand
100 x 100 cm
Wolfhard Rabbel, Bad Salzuflen

89 Herbstwanderung, 1999
Öl/Leinwand
50 x 40 cm
Familie Päsch, Düsseldorf

90 Vor der Entscheidung, 1999
Öl/Leinwand
100 x 80 cm

91 Alice im Wunderland, 2000
Öl/Leinwand
120 x 130 cm

92 Das Warten, 2000
Öl/Leinwand
90 x 115 cm

93 Aus dem Atelier, 2001
Öl/Leinwand
130 x 115 cm
Frau Visser, Bad Salzuflen

94 Nach dem Bade, 2001
Öl/Leinwand
93 x 93 cm
Familie Päsch, Düsseldorf

95 Die Erscheinung, 2001
Öl/Leinwand
100 x 80 cm
Wolfhard Rabbel, Bad Salzuflen

96 Im blauen Zimmer, 2002
Öl/Leinwand
76 x 87 cm
Pick & Sugland, Bad Salzuflen

97 Die Bewunderung der Mazedonischen Braut, 2002
Öl/Leinwand
100 x 120 cm

98 Verkleidungsfest, 2002
Öl/Leinwand
95 x 116 cm
Frau Andrews, Düsseldorf

99 Stillleben mit Tulpen, 2002
Öl/Leinwand
100 x 120 cm
Frau Peters, Bad Salzuflen

100 Am Festtag, 2003
Öl/Leinwand
120 x 200 cm
Messezentrum Bad Salzuflen

101 Die fernen Erinnerungen, 2003
Öl/Leinwand
100 x 100 cm

102 Melanies Familie, 2003
Öl/Leinwand
110 x 120 cm
Familie Poppe, Geseke

103 Die Infantin par excellence, 2003
Öl/Leinwand
110 x 90 cm

104/105 Die Nacht, 2003
Öl/Leinwand
120 x 160 cm
Messezentrum Bad Salzuflen

106 Begegnung mit Velázquez, 2003
Öl/Leinwand
110 x 120 cm
Peter Borchert, Bielefeld

107 Der geheimnisvolle Augenblick, 2004
Öl/Leinwand
115 x 125 cm
Frau Visser, Bad Salzuflen

108 Bei Einbruch der Nacht, 2004
Öl/Leinwand
140 x 115 cm

109 Im hellen Licht, 2003
Öl/Leinwand
120 x 100 cm

110 Die stille Anwesenheit, 2005
Öl/Leinwand
120 x 70 cm

111 Odilia, 2005
Öl/Leinwand
87 x 68 cm

112 Die vergessene Ikone, 2005
Öl/Leinwand
87 x 68 cm

113 Das große Rätsel, 2006
Öl/Leinwand
115 x 140 cm

114 Das vergebliche Warten, 2006
Öl/Leinwand
89 x 33 cm

115 Im Abendlicht, 2006
Öl/Leinwand
60 x 44 cm

116 Feierlicher Morgen, 2006
Öl/Leinwand
110 x 115 cm

119 Imaginäres Portrait, 1982
Federzeichnung
20 x 15 cm

119 Am Tisch, 1989
Federzeichnung
30 x 15 cm

121 Aktaquarell, 1990
80 x 56 cm

122 Aktaquarell, 1990
80 x 53 cm

123 Aktaquarell, 1993
80 x 53 cm

124 Aktaquarell, 1994
80 x 53 cm

125 Aktaquarell, 1998
78 x 53 cm

126 Aktaquarell, 1998
53 x 78 cm

127 Das Geschehen im Garten, 1996
Aquarell
43 x 39 cm

128 Vor dem Spiegel, 1995
Aquarell
80 x 70 cm

129 Vogelverkäuferin, 2000
Aquarell
57 x 40 cm

130 Vor dem Spiegel, 2001
Aquarell
89 x 75 cm

131 Modellsitzen, 2001
Aquarell
65 x 45 cm

132 Aktaquarell, 2002
78 x 53 cm

134 Baska, 2000
Aquarell
55 x 56 cm

135 Ein Hof in Lippe, 2002
Aquarell
40 x 56 cm

136 Schloss Brake, 1997
Aquarell
35 x 24 cm